LOS JÓVENES DETECTIVES

El caso de las trece monedas de oro

Jerry Gomez Shor Jr.

Los jóvenes detectives – El caso de las trece monedas de oro
Todos los Derechos de Edición Reservados
© 2017, Jerry Gomez Shor Jr.
© 2017, ilustraciones, Jerry Gomez Shor Jr.
& Camila Quevedo
© 2017, portada Camila Quevedo
Pukiyari Editores

ISBN-10: 1-63065-065-X
ISBN-13: 978-1-63065-065-0

PUKIYARI EDITORES
www.pukiyari.com

Dedicatoria

Estos cuentos detectivescos los escribí hace algunos años inspirado en las novelas clásicas de Sherlock Holmes de Sir Arthur Conan Doyle, de Herlock Sholmes vs. Arsenio Lupin, de Maurice Leblanc y del detective Poirot de Agatha Christie, las cuales me decidieron a crear detectives del tipo latino.

El inglés tiene su estilo, el francés otro, y nosotros los latinos tenemos nuestra propia idiosincrasia en nuestra manera de actuar y de ser. Ayesha y Schariar, los jóvenes detectives, son esos detectives que con picardía latina descubren exitosamente casos de crímenes, y que, sin violar la ley, la burlan con éxito y jocosamente.

Este primer capítulo de una serie lo dedico a todos los amantes de la verdadera justicia, justicia que siempre está en nuestros corazones pero que a veces no se ve.

Llegaron a mi oficina, en forma misteriosa, unos manuscritos dejados debajo de mi puerta.

Prólogo

Los libros de los jóvenes detectives, entregados en forma de capítulos, tienen como personajes principales a un muchacho llamado Schariar y su compañera Ayesha, ambos estudiantes de Sistemas Informáticos, y que por esas casualidades de la vida se ven involucrados en un caso policíaco en el cual la policía está tras la pista de una banda criminal que se dedica a extorsionar y robar a empresarios y personas importantes de diferentes países.

Schariar es un muchacho de buen físico, blanco, de ojos pardos y mirada profunda; basta sólo una conversación con él para entender que tiene una personalidad intrínsecamente analítica; práctica las artes marciales, le gusta descubrir y estudiar las culturas antiguas, y es un detective innato, a tal punto que de chico se hizo amigo de algunos policías locales con la idea de poder colaborar, según él, con la investigación de determinados casos.

Su padre es árabe, pero nunca profesó la religión musulmana; es más, la rechaza por considerarla anticuada y plagada de filosofías machistas. Su madre es francesa, de típica familia parisiense y profundamente católica, considera a las otras religiones como meras sectas con el único fin de aprovecharse de la raza humana, no le gusta la violencia, ni la discriminación racial, no cree en razas elegidas, y considera a todos los seres humanos como una sola raza.

Su compañera, Ayesha, es peruana, pero de padre y madre ingleses que no pertenecen a ninguna religión, aunque creen profundamente en Dios; son amantes de las ciencias ocultas desde sus antepasados, a tal punto que cuentan que uno de sus ascendientes hace diecisiete generaciones, ahí por los años 1760, murió en la hoguera, acusada por la Santa Inquisición de realizar conjuros y profecías. Desde tiempos inmemoriales la familia de Ayesha practica la alquimia y se dice que sus conocimientos son tan profundos que inclusive lograron encontrar los secretos de la piedra filosofal, y muchas más cosas que aquí no estoy dispuesto a escribir.

Ayesha y Schariar, a pesar de pertenecer a familias tan distantes en forma de vida y pensamiento, son grandes amigos y se profesan un gran cariño mutuo; juntos se involucrarán en episodios difíciles de resolver.

Ahora, para beneplácito de usted, estimado lector, tendré el agrado de presentarle en diversos libros cada uno de los casos que llegaron a mi oficina, en forma misteriosa, a través de unos manuscritos dejados debajo de mi puerta por terceras personas, es a pedido de ellas que me reservo el derecho de mantener sus nombres en anonimato.

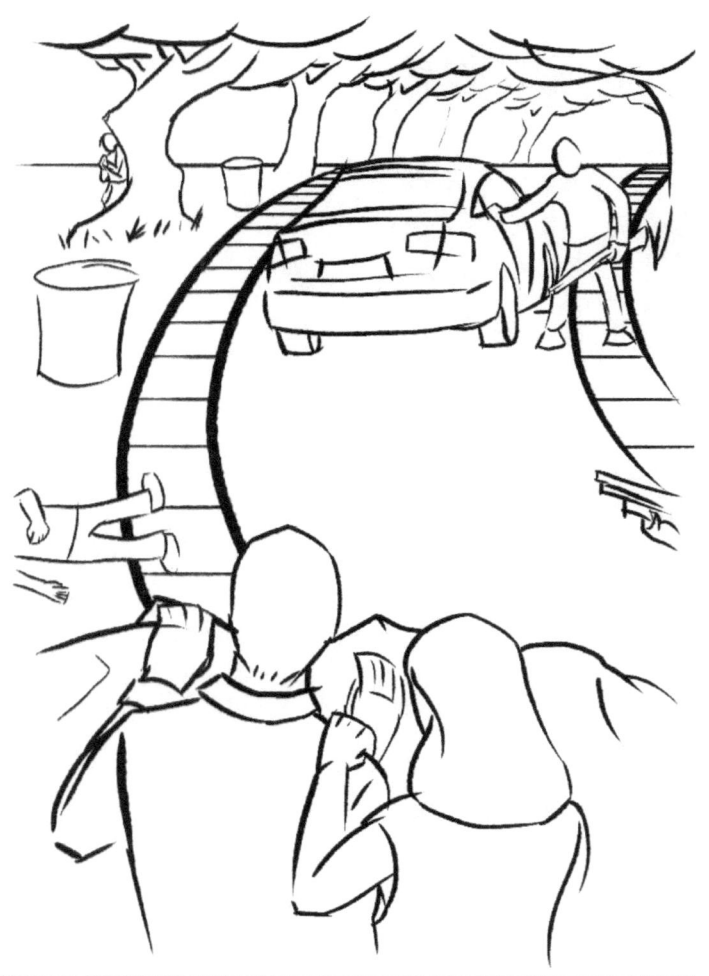

Ya iba a levantar el arma hacia él cuando sus compañeros lo jalaron hacia el interior de la camioneta en donde huirían. En ese instante sólo atinó a leer la placa del automóvil: PQ-4560, para luego desmayarse.

Un encuentro intenso

Schariar salía de la Universidad de San Marcos en Lima con su inseparable amiga Ayesha, después de haber pasado horas en el laboratorio de computación tratando de resolver un problema, cuando le propuso ir a un restaurante cercano a tomarse un café con sus respectivos sándwiches. Ella aceptó y se enfilaron al cafetín que distaba unas tres cuadras del lugar donde estudiaban. Aquella calle que tuvieron que atravesar siempre se encontraba conglomerada de público y un tráfico de automóviles que formaban cuellos de botellas en muchos de sus puntos de encuentro, retrasándoles así el paso hacia su destino en varios minutos, sin pensar que esos minutos que perdieron los pusieron en el momento exacto donde se desarrollaría esta historia a contarles.

De pronto, escucharon unos disparos y vieron el tumulto de un grupo de personas que corrían hacia el lugar en donde ellos se detuvieron. En ese momento sólo atinaron a tirarse al piso y refugiarse detrás de unas cajas que unos comerciantes ambulatorios habían dejado por doquier. Oyeron silbar las balas por encima de sus cabezas y se dieron cuenta que para mala suerte de ellos se encontraban en medio de una balacera entre los ladrones y la policía particular de un banco en esa manzana. Para sus adentros Schariar estaba que temblaba de miedo, pero, no sé por qué razón levantó el rostro para observar mejor tras las cajas, y logró ver a seis sujetos cubiertos con pasamontañas. Automáticamente se imaginó que era un grupo terrorista y rogaba al Señor que no se les ocurriese disparar hacia donde estaban. Justo en ese momento uno de ellos lo vio y se le quedó mirando, y ya iba a levantar el arma hacia él cuando sus compañeros lo jalaron hacia el interior de la camioneta en donde huirían. En ese instante sólo atinó a leer la placa del automóvil: PQ-4560, para luego desmayarse.

No sé cuánto tiempo estuvo inconsciente, pero cuando volvió en sí, se encontraba en una camilla provisional en la ambulancia y, según le contó el médico, sólo tenía un rasguño en el oído izquierdo.

—¡Qué buena suerte la mía! Es más: por milagro salvé mi vida porque cuando la bala rozó mi oreja el sonido emitido por el proyectil cerca al oído afectó mi cerebro a tal punto que me produjo un desvanecimiento instantáneo y que mi cuerpo se moviese de la zona de peligro —dijo Schariar al analizar el evento desde su cama en la sala de emergencias.

Salieron del hospital dos horas después. Ayesha le acompañó a su departamento alquilado en la Av. Pardo 345 dpto. 201, y se quedó a servirle como enfermera.

Schariar explicó que se sentía mejor y que podía irse a su casa, pero ella insistió en quedarse a ayudarle en su recuperación. Telefoneó a su casa para avisar que se iba a quedar esa noche en su departamento, su padre se negó rotundamente, pero una vez que ella le explicó lo sucedido en el día, aceptó, no sin antes pegar gritos al cielo por lo sucedido. Ayesha siempre tuvo una amistad muy unida con Schariar pero nunca hasta esa vez se había quedado toda la noche con él.

Siguiendo el consejo del doctor, que le explicó que debía de alimentarlo muy bien para compensar la pérdida de sangre, salió a la calle a comprar huevos, tocino, leche y pan. Cuando regresó le preparó una cena exquisita que comieron juntos en el dormitorio, mirando la televisión mientras conversaban de lo sucedido aquel día.

Ella le dijo que después de la balacera se asustó mucho y pidió auxilio, porque al mirarlo tendido en el piso y con sangre en el lado izquierdo en el rostro pensó que se había muerto o que estaría a punto de dar un paso al más allá. Y cuando se enteró de que sólo era un rasguño lloró de alegría. Pasaron toda la noche conversando del caso hasta que se quedaron dormidos.

Al día siguiente se levantaron cerca del mediodía, tomaron desayuno y se dispusieron a salir. Él, a entregar un proyecto terminado a una empresa; y Ayesha, de regreso a casa.

Todo siguió normal y sin ningún contratiempo durante los siguientes cinco días; pero mucho cambió a partir de ahí…

Serían cerca de las cinco de la tarde del lunes 20 de enero, cuando Ayesha y Schariar caminaban tranquilamente por la cuadra 18 de la Av. Brasil y al doblar la esquina con la Av. Bolívar, se quedaron perplejos: frente a ellos, como a quince metros, estaba estacionada la misma camioneta Chevrolet marrón del 67 que se llevó a los ladrones, lo confirmaron al leer la placa y entonces se dieron cuenta que estaban en la ruta de la banda. Schariar fue el primero en llegar a esa conclusión y cuando se lo dijo a Ayesha ella no le creyó; pero después de un momento de reflexión, contestó:

—¿Qué hacemos?, ¿llamamos a la policía...?

Como primer instinto Schariar estaba de acuerdo

con ella, pero algo en su interior le decía que no lo hiciese. Ella esperaba su respuesta y entonces él atinó a decirle, sin saber si lo decía en son de broma o en serio:

—¡O lo investigamos nosotros!

Y mientras lo miraba Ayesha contestó:

—No es mala idea.

De esa forma y con esa resolución decidieron acercarse sigilosamente hasta donde estaba la camioneta. No vieron a nadie en su interior, pero no tenían duda alguna que su escondite tendría que ser la casa que estaba ahí mismo, frente a ellos, donde un árbol frondoso hacía sombra al lado de la puerta. Lo dedujeron de esta manera: si los criminales hubiesen entrado para asaltar o hacer alguna fechoría habría quedado alguien en resguardo del vehículo en marcha y preparado a huir. Así que se acercaron, empujaron la puerta suavemente, y se dieron cuenta que para buena suerte de ellos estaba sin cerrojo.

Luego de cerciorarse primero que el salón de entrada estaba vacío de gente, entraron sigilosamente, escondiéndose detrás de unos baúles grandes y pesados, repletos de papeles y periódicos viejos, que estaban dispuestos contiguos a la puerta que daba a otra habitación en donde se encontraban conversando los miembros de la banda. Lo que oyeron a continuación parecía ser un plan que estaban por desarrollar, pero no entendían muy bien, les dio la impresión de que se trataba de un robo, ya que mencionaban algo de trece monedas de oro, pero incluso con esa clave seguían tan perplejos como al principio.

Lo único que podían pensar a esas alturas era que sin querer se estaban involucrando en el caso.

Al cabo de un rato los hombres decidieron salir. Se fueron por unas horas ya que no regresarían hasta como a las 8:30 de la noche. Escucharon que abrían la puerta contigua y vieron entrar a siete personas. Lo que más les dejó sorprendidos fue la presencia de una muchacha de nombre Betty, rubia y bastante atractiva.

De pronto, uno de ellos medio gordo, de nombre Edward, se detuvo de imprevisto y preguntó:

—Smith, ¿no te parece que dejamos la puerta cerrada después de entrar?

En ese momento se asustaron pensando qué sería de ellos si los encontrarán.

Entonces Smith le contestó:

—No seas tan desconfiado, aquí en este país nadie nos conoce y ¿quién habrá querido entrar a una casa vieja?, y si así lo hubiese hecho, de seguro nuestro compañero Javier ya se hubiese dado cuenta.

Mirando de reojo vieron que al mencionar el nombre Javier, un joven alto y robusto, le hizo un guiño de confianza a Edward, a lo cual este dio media vuelta y salió cerrando la puerta tras él.

Los jóvenes se quedaron un rato más, escondidos tras los baúles, hasta que oyeron que un auto se encendía y alejaba.

Titubearon por un instante acerca de qué hacer, decidiendo luego salir del escondite, pero antes Ayesha dijo:

—Schariar, mira: hay un recorte de periódico aquí tirado y muestra una exhibición de joyas, pero no está la dirección ni el nombre del hotel en donde se realizará...

—¿Tú crees que nos sirva?

—¡Pueda ser, guarda esto por sí acaso! —exclamó.

Luego de mirar por la ventana y asegurarse de que efectivamente se habían marchado, les quedaba exactamente dos horas para averiguar algo en la habitación contigua antes de salir. Sin hacer el menor ruido ingresaron al lugar en donde hacía unos momentos habían estado los forajidos. El cuarto era de unos cuatro metros cuadrados, y como único mobiliario tenía una lámpara suspendida del techo, una mesa rectangular grande con siete sillas y una repisa de madera. Se acomodaron ambos en una de esas sillas y empezaron a observar lo que había encima de la mesa.

Aparte de tres lápices, reglas, compases y utensilios de cerrajería, había un mapa del distrito de Miraflores con un punto señalado en rojo que se encontraba entre las avenidas 28 de Julio y Larco. Gracias a Dios, el joven siempre cargaba una cámara fotográfica portátil. Así que decidió tomar unas cuantas fotos del mapa y también de las trece monedas de oro perfectamente acomodadas de tal forma que dibujaban una "S", sin saber qué es lo que podría significar. Ayesha encontró en una de las repisas una pistola calibre 45, un puñal de acero, y herramientas de cerrajería, a todo ello también le tomaron varias fotos.

Estando en estos menesteres, y sin pensarlo, se habían pasado una hora con tres cuartos, por lo cual sólo les quedaban quince minutos para salir, antes de que regresaran Don Smith y su banda.

Justo en el momento de partir divisaron un maletín estilo James Bond de cuero negro, al pulsarlo se dieron cuenta que contenía algo pesado en su interior. Quisieron abrirlo, pero les fue imposible, se quedaron mirándolo mientras determinaban qué hacer con él.

—¿Qué hacemos? ¿Lo dejamos o nos lo llevamos? —balbuceó Ayesha.

Aun con dudas decidieron llevarse el maletín, pudiera ser que estos tipos tuvieran un plan malévolo y, sea lo que fuese, no querían que suceda eso; aparte que ya estaban involucrándose bastante, así que terminaron cargándolo para ver luego su contenido.

Estaban con los ánimos exaltados cuando Ayesha en medio de esa euforia exclamó:

—¡Hasta el fin! ¡Los pescamos o nos pescan!

Estaban ya por abrir la segunda puerta para salir, cuando se dieron cuenta que la habían dejado con llave y candado, supusieron que lo hicieron para evitar que nadie quisiese entrar a dicho lugar, y descubrir algo que no debían saber nadie más que ellos.

Sin embargo, dos jóvenes inexpertos estaban en su interior hurgando cosas secretas de ellos. Se rieron por la situación y decidieron dejarle un pequeño mensaje a su futuro adversario, Smith, con una carta que decía así:

Querido amigo Smith:

Tenemos el gusto de haberte conocido y saber de tu plan al que titulamos: "Las trece monedas de oro". Esperamos que puedan lograrlo desarrollar. Pero cuídense de que se los arruinemos, nos encanta perjudicar planes. ¡Ah! Mándales nuestros más cariñosos saludos a Edward, Javier, a la preciosa

— 19 —

señorita Betty, a Juan, que lo necesitaremos para que arregle una cerradura, a Carlos y a Gregory Bünge.

Nos volveremos a ver. ¡Casi nos olvidamos!, nos llevamos prestado tu maletín. Abrazos y cariños a todos.

Atentamente,

Los Jóvenes Detectives

Leyeron la carta sin poder dejar de sonreír el pensar cómo se pondría el señor Smith al haber sido descubierto por unos muchachos novatos en este oficio de crímenes, delincuencia y policías. Dejaron la carta sobre la mesa y decidieron escapar por una pequeña ventana que daba a un callejón completamente oscuro, dejándola tan cerrada como para que no sospechasen por dónde habían salido. Tuvieron que andar agarrados de la mano porque en caso contrario no hubiesen llegado juntos a la salida pasando por un callejón largo y oscuro antes de divisar la calle a una distancia aproximada de unos ochenta metros. Pero, para sorpresa de ellos, habían atravesado un subterráneo. Tuvieron que saltar para sujetarse de una de las rejillas que daba hacia la calle opuesta a donde entraron, y les costó alguna dificultad salir de ella. Para su buena suerte, la vía pública estaba desértica. Una vez fuera, marcaron la dirección exacta de aquella salida para volver otro día por ahí y darles otra sorpresa.

Tomaron un taxi con dirección al departamento, y después de darse un buen baño con agua caliente, y colocar algunas herramientas que tenían a la mano sobre la mesa, intentaron abrir el maletín.

Grande fue su sorpresa al comprobar que éste se encontraba lleno de billetes de cien dólares, calcularon que debía de haber ahí más de un millón. Además, en uno de los bolsillos secretos del maletín encontraron una carta dirigida a Smith.

Al ver que no podían lograrlo, no les quedó más remedio que romper la cerradura. Grande fue su sorpresa al comprobar que éste se encontraba lleno de billetes de cien dólares, calcularon que debía de haber ahí más de un millón. Además, en uno de los bolsillos secretos del maletín encontraron una carta dirigida a Smith. Al verla quedaron asombrados por unos instantes, no sabían qué hacer, por un momento pensaron en dar parte a la policía, pero luego, para mala suerte o quizá buen fortunio de ellos, no lo hicieron, y más bien decidieron abrir el sobre para ver qué decía, a lo que informaba lo siguiente:

19 de enero
Milán - Italia
Querido amigo Smith:

Aquí te mando tu parte que te corresponde al trabajo que hicimos hace dos años, te acuerdas, el de las "Once monedas de oro". Buena suerte, saludos a todos: Betty, Javier, Carlos, Edward y Gregory.

Atentamente,
Mario Cassimiro

Al leer la carta Schariar recordó el nombre de Mario Cassimiro: era uno de los más grandes jefes de la mafia italiana con conexiones con los carteles de drogas mexicanos y colombianos, buscado por la Interpol, y por quien se ofrecía una recompensa de un millón de dólares. Se exaltaron, no sabían qué hacer, tenían la carta del propio Mario Cassimiro con su dirección actual y con sólo dar parte a la policía en anonimato y agarrarlo serían acreedores al premio, amén del contenido del maletín.

Lo pensaron mucho, decidiendo seguir en la investigación en el anonimato, y guardar esa información que quizá podría servir como arma secreta para más adelante. Veían en sus cabezas de detectives novatos la posibilidad de atrapar a toda la banda de Smith, incluso quizá a su compinche Mario Cassimiro fácilmente; craso error del que se darían cuenta más adelante. De esa forma continuaron investigando con más cautela, pues se estaban enfrentando a un rival mucho más fuerte de lo que se imaginaban.

Al terminar sus cavilaciones, cerraron el maletín con la carta dentro de éste y lo guardaron en el ropero del dormitorio. Y luego se quedaron profundamente dormidos hasta el amanecer del día siguiente.

La huida

Demás está decir que desde el día en que Ayesha se quedó en el departamento para acompañar a Schariar cuando él estuvo herido en la oreja, sus padres dejaban ya de buena gana que ella se quedará con él; pero, aunque los chicos se conocían desde hacía tiempo, a los padres no les daba tanta confianza por el simple hecho de pertenecer a familias totalmente opuestas. Ellos eran profundos estudiosos de las ciencias ocultas y los padres de él eran católicos ortodoxos, por lo cual había un trecho bastante distante entre las dos familias. Y sin embargo entre Ayesha y Schariar lo que existía era una excepción, ambos se consideraban como hermanos.

Es de imaginar que sus vecinos los miraban con mala cara, posiblemente pensarían que el hecho de que dos jóvenes sin estar casados convivieran en un departamento, en donde a veces la veían a Ayesha y otras no, no era correcto. Pero poco a poco el tiempo les fue aclarando las dudas, y con la ayuda de los muchachos se dieron cuenta de que no pasaban más que de una buena amistad e incluso llegaron a felicitarlos porque siendo una pareja muy bien constituida físicamente se respetasen tanto.

Dejemos a Schariar y Ayesha, y pasemos a relatar lo que sucedió en la casa de la Av. Bolívar después de que los jóvenes detectives le dejaran aquella carta misteriosa al jefe.

Smith y los integrantes de la banda llegaron a las 8:35 p.m. a la casa, y luego de ingresar a la primera habitación quedaron de acuerdo en encontrarse al día siguiente por la mañana en aquel lugar. Juan y Edward se despidieron de Smith, yéndose a descansar en algún cuarto escondido de entre esos callejones de poca iluminación y olores fétidos en el distrito de La Victoria; Javier, Carlos y Gregory decidieron ir a pasear por Miraflores a tomarse unas cervezas hasta la madrugada.

Smith se quedó con la guapa joven Betty a descansar en una casa que quedaría en algún rincón del distrito de Jesús María. Antes de salir para abordar la camioneta ingresó a la habitación contigua para recoger el maletín, la pistola y su saco. Ya se imaginarán la sorpresa que se llevó al entrar y no encontrar el maletín, se quedó mirando pensativo e imaginó que posiblemente uno de los de su banda le había traicionado, cuando de pronto vio sobre la mesa una carta dirigida a él y al leerla entendió que fue descubierto por dos jóvenes detectives novatos, lo cual le causó gracia y lo hizo sonreír un poco. Smith, un hombre blanco, de ojos azules, mirada penetrante y de carácter fuerte, era una de esas personas especiales a las que las circunstancias de la vida le enseñaron a mantener la paciencia y la serenidad incluso al encontrarse con sucesos duros.

Smith guardó la carta en su bolsillo, se sentó en una de las sillas y se quedó profundamente pensativo por unos minutos; luego, como si no hubiese pasado nada se despidió diciendo:

—Muchachos: ya nos encontraremos, ¡los felicito!

Smith salió cerrando la puerta tras él, pero al entrar a la camioneta Betty se le quedó mirando mientras le decía:

—¿Tanto demoraste en sacar el saco o algo ha sucedido?, porque te veo turbado…

—¡No pasa nada! —respondió él con una sonrisa y arrancó la camioneta.

Mientras manejaba el automóvil, Smith iba pensando en los muchachos que se habían llevado el maletín, estaba casi seguro que no pertenecían a ninguna compañía particular de detectives ni tampoco trabajaban para ningún cuerpo policíaco; pero lo que le tenía más intrigado era que pudiendo haber avisado a la policía donde se encontraban y a que hora no lo hicieran y por el contrario le dejaran una carta… y con semejante mensaje. Indudablemente lo estaban retando, pero se notaba que eran novatos porque no se daban cuenta con qué clase de personas se estaban metiendo; y sin embargo, los habían burlado muy bien sin dejar el menor rastro de cómo ingresaron y cómo salieran de ahí sin que los espías de Smith lo notaran.

Y pensó: *Yo soy Smith Cross, jefe de la banda más temida en todo Sudamérica, dedicada a extorsionar, asesinar y robar a las personalidades más importantes del país… Y estos jóvenes han burlado toda nuestra seguridad con tanta facilidad.*

Empezaba a sentir cierto respeto hacia ellos.

Schariar despertó ese día bastante temprano, preparó

y tomó el desayuno con Ayesha, y luego ambos se pusieron a cavilar acerca de qué debían hacer en semejante situación en que se encontraban. De pronto ella le interrumpió para decirle:

—Schariar, apurémonos con el desayuno y vayamos a investigar la casa de la Av. Bolívar; pero esta vez con un plan, y así no fallaremos. Partamos inmediatamente y en el camino te lo explicaré.

Mientras tanto en la casa de la Av. Bolívar, Smith se había reunido con todos los integrantes de la banda muy temprano. Sería eso de las siete de la mañana, cuando de pronto oyeron tocar la puerta. Todos se sobresaltaron. El camarada Javier Lamp se levantó rápidamente del asiento y con pistola en mano fue a abrirla, mientras que todos se preparaban por si fuese una emboscada y se armaron hasta los dientes, que no era para menos, después de recibir semejante carta firmada por los jóvenes detectives era para estar con los nervios en tensión.

Javier abrió lentamente la puerta y cuando se dio cuenta de quién era el que tocaba, todos los músculos en tensión se relajaron. La que los había alarmado tanto era una viejecita ofreciendo en venta todo tipo de productos plásticos. Venía empujando un triciclo. Él, de mala gana la despachó, cerró la puerta e ingresó a la habitación contigua para darles la noticia. Al instante hubo un suspiro al unísono de relajación. Por los segundos anteriores de tensión, incluso muchos contuvieron la respiración, pero al escuchar a Javier hasta sonrieron por el incidente.

Javier abrió lentamente la puerta y cuando se dio cuenta de quién era el que tocaba, todos los músculos en tensión se relajaron. La que los había alarmado tanto era una viejecita ofreciendo en venta todo tipo de productos plásticos. Venía empujando un triciclo.

Sin embargo, Smith dudaba que fuese una humilde viejecita, o si lo era, pues había tocado la puerta por algo más que una simple venta de lavatorios de plástico, pensaba que era probable que fuese una jugarreta de los jóvenes detectives, pero se mantuvo callado y prefirió no decir nada para no alterar a los muchachos más de lo que estaban.

Siguieron charlando y planificando el gran robo. Después de media hora decidieron salir y abandonar la casa, ya que al haber sido descubiertos por unos jóvenes ya no era segura. Estaban por salir por la puerta cuando retrocedieron y prefirieron salir por la ventana de atrás que daba al callejón y de ahí la calle, en donde tomaron un taxi y partieron a toda prisa hacia el nuevo refugio. Luego verían la forma de recoger la camioneta.

Mientras tanto, Schariar y Ayesha le acababan de pagar veinte soles a la viejecita que vendía lavatorios a cambio de información acerca de la gente en la casa. La anciana les contó que un joven alto y musculoso la despachó rápidamente.

—¡No creo que sospechen algo de usted, abuelita! —dijo el joven, mientras pensaba: *¡Así que seguimos en ventaja!*

Se despidieron de la viejecita y se prepararon para ejecutar el siguiente plan de Ayesha. Antes de venir habían comprado en una tienda de deportes dos radios transmisores, y un gemelo (larga vista). Decidieron que Ayesha se ubicaría en la esquina, como leyendo el periódico del puesto, vigilando la puerta principal; y que si avistaba cualquier movimiento de la banda, le avisaría a Schariar. Mientras tanto, él se ubicaría en la parte trasera de la calle, simulando ser un peatón en espera del micro. Para esto ambos estaban disfrazados: Schariar vestía saco azul, bigotes y barbas postizas y llevaba puesto un sombrero; Ayesha tenía lentes oscuros, el pelo amarrado y pestañas postizas grandes. Tal era el disfraz de ambos que ni sus padres lo hubiesen reconocidos a primera vista.

Después de treinta minutos de ardua espera, cuando Schariar estaba ya impacientándose, observó, como a unos sesenta metros de la acera de enfrente, que los siete integrantes de la banda se escabullían por la rendija por donde ellos escaparon la noche anterior. Inmediatamente se comunicó con Ayesha y le pidió que tomase un taxi para seguirlos y que lo recogiera.

Justo en el instante en que Smith y sus muchachos partían, llegó Ayesha con el chofer. Schariar se subió al auto y se pusieron a seguir a la banda, pero conservando una distancia de cien a ciento cincuenta metros; y cada vez que avanzaban unas diez cuadras, se bajaban del taxi y tomaban otro, de ese modo lograron seguirlos sin que sospecharan que los estaban acechando y poder así descubrir su nuevo escondite.

Los vieron entrar a un local con puertas metálicas enrollables, ubicado en el distrito de La Molina a la altura de la Universidad Agraria. Apuntaron la dirección e inmediatamente regresaron a la Av. Bolívar, inclusive le pagaron el doble al taxista con la condición de que llegara en la mitad del tiempo que se hace normalmente, luego entraron a la casa a revisar todo en menos de cinco minutos. Sólo encontraron un lápiz y tres puros de tabaco; pero como eran abstemios de estas cosas, ni siquiera los tocaron. Lo único que hicieron a continuación fue dejarle una nota a Smith. Luego salieron lo más rápido posible, subieron a un taxi que los esperaba en la puerta y avanzaron por varias calles, doblando a veces a la derecha y otras a la izquierda. Después de pagar, bajaron del auto, cruzaron a la otra calle por un pasaje angosto y de inmediato tomaron otro taxi, con rumbo a Miraflores, a recoger las fotos que habían mandado a revelar; entre ellas, la foto del mapa ampliada; y ya en el departamento, tratar de enlazar e hilvanar todas las pruebas que habían conseguido.

Estuvieron dándole vueltas al asunto por espacio de dos horas y llegaron a la conclusión de tener una gran cantidad de eslabones pero que en apariencia ninguno encajaba con el otro.

Les describo a continuación lo que tenían:

1. Trece monedas de oro, formando una "S".
2. Un mapa del distrito de Miraflores, con un círculo rojo entre 28 de Julio y Larco.
3. Un maletín con el contenido de un millón y medio de dólares.
4. Una carta de Mario Cassimiro, en la cual le recordaba a Smith que hacía dos años efectuaron plan llamado "Las Once Monedas de Oro".
5. Un pedazo de recorte de periódico de *El Comercio*, de fecha 9 de enero, señalando una exposición de joyas mundiales en algún hotel del departamento de Lima pero sin dirección ni fecha del evento.

6. La nueva dirección del escondite de Smith.

7. Detalles del automóvil de la banda, una camioneta Chevrolet de color marrón del 67, con placa PQ-4560.

Les pareció que ninguno de estos detalles coincidía con los otros y se quedaron confundidos por un buen tiempo, hasta que de pronto Ayesha exclamó:

—¡Schariar, lo tengo! Fíjate en el mapa con un poco más de atención y te vas a dar cuenta que muy levemente, es más, creo que es posible que lo hayan hecho con un lápiz, notarás marcada una recta que parte de 28 de Julio, entra por Larco y dobla por una calle más pequeña, una que no se nota el nombre, y eso, exactamente forma una "S".

Habían encontrado un detalle, al menos eso creían, pero faltaba resolver qué era esa ruta. Después de cavilar un rato, y cuando por casualidad los ojos de Schriar se posaron sobre el recorte del periódico descubrió que en esa zona hay varios hoteles de cuatro y cinco estrellas, así que era muy probable que en uno de ellos se llevaría a cabo la exposición de joyas. Hasta ese momento habían descubierto algo, pero faltaban otros eslabones de la cadena: la fecha y la dirección de la exposición, y también el significado de las trece monedas formando una "S". Era indudable que se trataba de un gran robo, el problema ahora consistía en averiguar en qué hotel de esa zona se efectuaría la exposición. Se quedaron pensando y cavilando qué novedoso plan debían ejecutar para encontrar la solución, cuando les dominó el sueño y cayeron rendidos sobre la mesa hasta el día siguiente.

Mientras tanto, Smith y su grupo llegaron al escondite de La Molina y acomodaron sus pertenencias; luego se despidieron y cada uno salió caminando en direcciones diversas.

Al llegar a la casa de la Av. Bolívar e ingresar a ella, lo primero que observó fue un papel escrito dirigido a él. Smith ya se imaginaba de quién era y eso fue motivo para preocuparlo un poco más.

Smith, Betty y Javier Lamp tomaron un taxi y se dirigieron directamente hacia la Av. Bolívar, a recoger la camioneta y averiguar qué había sucedido en la casa después de que ellos se fueron.

—¡Javier! —exclamó Smith—. ¿Observaste algún auto siguiéndonos hacia La Molina?

—¡No, mi jefe! No creo que se hallan dado cuenta de que ya no volveremos por la Av. Bolívar.

—¡Ojalá Dios te oiga! —murmuró Smith—, presiento algo de esos muchachos entrometidos. Para ser novatos, son más astutos que la policía.

Al llegar a la casa de la Av. Bolívar e ingresar a ella, lo primero que observó fue un papel escrito dirigido a él. Smith ya se imaginaba de quién era y eso fue motivo para preocuparlo un poco más. Lo cogió y al leerlo decía lo siguiente:

29 de enero
Querido amigo Smith:

Te saludamos y nos da mucha pena el no poderte encontrar. Te deseamos muy buena suerte. ¡Ah! Me olvidaba de decirte que el maletín contenía mucho dinero para un hombre solo como tú, así que decidimos coger cien mil dólares, y el resto te lo devolveremos el 31 de enero. Lo encontrarás en la parte más alta de la primera palmera, bajando por Armendáriz, puedes ir a recogerlo a las 4 o 5 de la mañana, esa hora es excelente para que nadie lo vea y corra peligro de perderse.

Saludos de

Los jóvenes detectives

Al leer esta carta Smith se puso de muy mal genio y se indignó incluso más cuando se comunicó con Fabián, el nuevo miembro de la banda de los siete.

—¡Jefe Smith! Le informo que a eso de la 1:15 de la tarde ingresaron dos personas a la casa. Uno de ellos era un joven con bigote, de tez blanca, con sombrero negro y medía como 1.78. La otra era una chica como de unos 24 años, blanca, pestañas largas y como de 1.74 de estatura. Estuvieron aquí dentro como unos cinco minutos como máximo y se marcharon.

Cuando Smith, escuchó esto se precipito contra él gritándole:

—¡No los perseguiste!

—Lo hice, jefe, pero después de perseguirlos por varias calles y entrando a derecha e izquierda se me perdieron. ¡Lo juro, jefe! Que esos muchachos son más astutos de lo que se puede imaginar.

Smith se encolerizó y agarrándolo de la solapa le gritó:

—¡Inepto, para esto te pago! ¡Y dicen que eres el mejor! Pues te advierto que si no encuentras a esos granujas insolentes, serás el alimento perfecto de mis criaturas.

Smith era amante de los animales marinos, sobre todo de esos animales hambrientos existentes en parajes lejanos de la civilización, donde el hombre moderno casi no ha explorado, esos peces que con sólo mencionar su nombre se nos posesiona una idea de la muerte, aquellos seres llamados simplemente piraña. En su residencia clandestina ubicada en la ciudad de Iquitos, tenía un inmenso acuario lleno de estos seres abominables a los cuales alimentaba con animales salvajes, y a veces con uno que otro ser humano que lo traicionaba.

Cuando Fabián escuchó la amenaza de su jefe, la de pagar el fracaso con su propio pellejo, se dio media vuelta y salió por la puerta. En ese instante escuchó un grito:

—¡Espera, Fabián! —Era Smith, quien le daba una nueva orden más específica—, ¡los quiero vivos!, ¿entiendes? Ni un rasguño. Ya verás tú la forma de hacerlo.

Fabián se encolerizó más aun, pero no quiso hacérselo notar al jefe, así que se marchó.

Smith estaba de muy mal humor, y no dejaba que nadie, ni siquiera Betty, le acariciará ni tranquilizará. Smith se quedó mirando un cuadro que representaba el mar infinito, pintado por algún artista desconocido, cuando de pronto giró el rostro hacia la derecha, donde se encontraban Javier y Betty, y se quedó mirándolos con esa mirada que caracteriza a las águilas. Al no poder aguantarle la vista, ellos bajaron el rostro hacia el suelo pensativamente.

Smith exclamó:

—No es posible, la exhibición de esas joyas se realizará dentro de doce días, exactamente el 8 de febrero, y unos jóvenes granujas nos quieren arruinar el plan. Yo, Smith, que he realizado doce actos: entre ellos robos y secuestros, nunca me han tenido tan acorralado. Es más: jamás se enteró la policía de mi nombre verdadero y estos muchachos me están poniendo en semejante aprieto. ¡No es posible! Sin embargo, me muero de ganas de tenerlos cara a cara porque me están inspirando respeto, son más que policías para mí y están a punto de ingresar en mi lista de personas relevantes. Pero no podrán detenerme, ¡lo juro por mi nombre!

En ese momento Smith bajó los brazos y en silencio salió de la casa a la cual no volverían jamás. Entraron en la camioneta los tres con todas las cosas que recogieron y se marcharon, asegurándose que nadie los seguía.

Fabián, por su parte, se fue al encuentro de unos antiguos condiscípulos suyos, para pedirles ayuda y poder dar con el enigmático paradero de los desconocidos jóvenes. Logró convencer a diez compañeros, viejos amigos suyos, y con la ayuda de ellos empezar la búsqueda.

Al día siguiente, Schariar despertó intranquilo y al ver que los dos se habían quedado dormidos sobre la mesa, le pasó la voz a Ayesha diciéndole:

—No sé por qué razón me siento algo intranquilo, como si nos estuvieran buscando.

Ayesha, mujer apacible e inteligente, contestó que sus dudas no eran para menos y que muy probablemente Smith estaría actualmente exasperado por todo lo sucedido por ellos y de seguro habría organizado algún plan para su captura.

Schariar se limitó a responder:

—Sí, ¡tienes razón! Bueno olvidemos esto y preparemos el segundo plan. En primer lugar, ya tengo la forma de devolverle el dinero, pero no exactamente como lo habíamos escrito en la carta de Smith, en la palmera. Sólo le escribiremos la dirección a donde debe ir a recogerla y luego en esa dirección encontrará la carta, así los secuaces de Smith no nos verán, porque es casi seguro que ya deben estar vigilando a cualquier persona que se acerque a aquel árbol. Ahora, ¿cómo hacer para que la dirección del papel vaya a dar encima de la palmera? Es muy simple mi querida amiga: ¿habrás visto a esos chicos de la calle que son expertos en hacer volar aviones de papel?

—¡Sí! ¿Qué es lo que te propones? —contestó Ayesha.

—Buscaremos al más experto de los chicos y le regalaremos unos veinte soles para que, junto con otro amigo, vayan caminando y tirando el avioncito de papel conteniendo la dirección del maletín y cuando lleguen a la determinada palmera, tiren el avión de tal forma que se atraque en sus ramas; luego, simulando tristeza por la pérdida del juguete, se retiren. Así, de esa forma, no sospechará la persona que estuviese vigilando. Ahora, lo segundo es cómo vamos a averiguar la dirección del hotel y fecha de la exposición. A continuación te explicaré cómo lo he planeado; y si encuentras alguna falla, corrígemelo. Tendríamos que comunicarnos o relacionarnos con alguna organización turística, y por intermedio de ésta realizamos una reunión para invitar a las principales personas encargadas de cada hotel de Miraflores. Yo propongo que puede ser "AHORA" (Asociación de Hoteles, Restaurantes y Afines).

En ese momento Ayesha lo interrumpió diciéndole que sería mejor conectarse con la entidad educativa en el ámbito nacional que es "CENFOTUR" (Centro de Formación en Turismo), explicándole que esa institución tiene relaciones con todos los hoteles, restaurantes y agencias de viajes del Perú y el extranjero. A Schariar le pareció una excelente idea, ya que por medio de ésta podrían comunicarse con la persona responsable del hotel que buscaban.

Así que después de ponerse de acuerdo, salieron de la casa a ejecutar el primer plan a desarrollar ese día, luego recorrieron todo Miraflores en búsqueda de la dirección de CENFOTUR, hasta que encontraron el local del instituto a tres o cuatro cuadras de la famosa bajada de Armendáriz y en dirección al acantilado de Barranco.

Al llegar se percataron de que el instituto era una casona antigua que había sido remodelada y lucía esplendida. Al entrar por la puerta principal se encontraron con una gran cantidad de alumnos con cuadernos en la mano. Schariar se acercó a un grupo de chicas que conversaban en el patio y después de saludarlas les preguntó por la persona encargada de la institución.

Una de las chicas que conversaban, la más despierta y coqueta, se acercó a ellos, y guiñándole el ojo a Schariar respondió que esa persona era el administrador, Fernando Gómez López. Y sin que Schariar le preguntase, la chica prosiguió:

—Me llamo Laurence Inchaustegui, ¿y tú?

—Me llamo Schariar —respondió el—, y estoy muy complacido de conocerte.

A lo que Laurence, haciéndole un guiño con el ojo, se retiró diciéndole que ella estudiaba de lunes a viernes y la podría encontrar todas las mañanas.

Schariar quedó por un momento desconcertado por la forma tan directa en que se presentó la fémina, hasta que sintió un tirón fuerte de su camisa, era Ayesha que sorprendió Schariar, puesto que jamás hasta ese momento lo había tratado así.

—¿Que té pasa? —dijo él en tono delicado y cortes.

—¡Nada! Sólo que llevamos prisa por encontrarnos con el administrador del instituto y tú conversando muy tranquilo —contestó Ayesha.

—¡Ah, celosa! —dijo Schariar.

—¡NO!, nada que ver, debes estar imaginando cosas, seguramente que esa chiquilla ya te hizo olvidar lo planeado —afirmó ella.

—Celosa, ¡Ayesha está celosa! —se burló Schariar.

Y ella, frunciendo el ceño, se encaminó directo a la oficina del administrador. Al llegar preguntaron a la secretaria por el señor Fernando Gómez; y después de algunas preguntas y presentaciones, los hizo pasar formalmente.

Al entrar, observaron que se encontraban enfrente del escritorio de un señor como de unos cuarenta años, trigueño, de pelo corto y subido de peso. Él los hizo pasar y tomar asiento, y luego les preguntó cuál era la razón de su visita. Ayesha le explicó a grandes rasgos que buscaban realizar una reunión de los empresarios de hoteles de Miraflores. Una vez que hubo terminado de hablar, el señor Fernando les explicó que le era un poco imposible poderlos ayudar porque no encontraba una buena justificación para llevar a cabo aquella reunión de empresarios.

Al escuchar la respuesta, Schariar se levantó de súbito y exclamó:

—¡Por Dios, perdónenme si peco en hablar de más! Señor Fernando, el motivo que nos mueve a planear aquella reunión es más que justificable. ¿No sé si estarán ustedes enterados de una exhibición de joyas en el ámbito mundial que se va a realizar en algún hotel de Miraflores?

—¡Ah, conque eso era! —exclamó el administrador—. ¿Y qué hay con eso?

—Eso, señor Fernando, como podrá imaginar usted, es una buena tentación para una banda de robos y extorsión. Y lo que pretendo yo con esa reunión es averiguar en cuál hotel y en qué fecha se va a realizar dicha exposición de joyas.

El administrador se sobresaltó y con una fuerte voz

dijo:

—¡Santo Dios!, ¿qué pretenden ustedes hacer con esa exhibición de joyas?

Schariar lanzó una risotada y luego replicó:

—Nosotros nada, ¿cómo se le ocurre? Pero sabemos quiénes lo van a realizar.

—Pero avisen a la policía —replicó el administrador.

—No resultaría porque ellos no tienen la pista y, es más, ni siquiera conocen a la banda —replicó Ayesha.

—Pero, yo no puedo arriesgar la vida de esas personas por un simple capricho de dos jóvenes.

Schariar se encontraba en ese instante en el límite de la indignación por la manera en que los estaba tratando el administrador, así que no pudo evitar levantarle la voz:

—Señor administrador, cumplimos con advertirle del suceso. ¡Si como consecuencia del robo más grande de joyas ocurridas en el Perú, que ascendería a varios millones de dólares por lo menos, fallece alguna persona responsable del hotel, la culpa será solamente de usted, que habiendo podido ayudar a dos jóvenes que tenían todo mejor planeado que la propia policía y estaban a punto de atrapar a los ladrones, prefirió no hacerlo!

Inmediatamente después de que se expresó de esa forma salió del despacho junto con Ayesha.

El administrador se quedó turbado y confundido.

Schariar y Ayesha estaban saliendo ya de la oficina

cuando la secretaria los llamó diciéndoles que el administrador los reclamaba. Inmediatamente entraron al despacho.

Al verlos entrar, el administrador se levantó y, pidiéndoles disculpas, les pidió que tomasen asiento. Conversaron y quedaron de acuerdo en que la reunión se efectuaría en cinco días. Schariar trató de lograr que se realizase antes pero el señor Fernando le explicó que tenían que hacer la invitación, organizar el evento con el local y muchos otros detalles que se tenían que disponer y que hacía imposible llevar a cabo el evento antes; también le dijo que ya tenían separado el local de conferencias para dentro de cuatro días con motivo de un agasajo. Sin tener nada más que hacer, los jóvenes optaron por retirarse y volverse a encontrar un día antes de la reunión; se despidieron cariñosamente y salieron del despacho.

Schariar y Ayesha estaban contentos, hasta ese momento todos los planes les estaban resultando tal y como deseaban y si continuaban de ese modo, llegarían a asestarle un duro golpe a Smith.

Iban conversando por los pasillos del instituto cuando Schariar escuchó que alguien voceaba su nombre. Al voltear para mirar quién lo llamaba, se encontró frente al bello rostro de Laurence que coquetamente lo invitaba a caminar hasta su grupo para presentarlo a sus amigas. Ayesha se sintió furiosa por la jugadita de la chica, pero sin que se notase lo que le sucedía se fue directo a sentarse a una banca que estaba junto a la puerta.

El vigilante del instituto, que caminaba muy cerca de ahí, no pudo evitar escuchar la conversación de los jóvenes, se quedó turbado y pensó qué harían dos jóvenes en una exhibición de tal índole.

Laurence por su parte le presentó al muchacho sus cuatro amigas y le invitó a salir el sábado 7 de febrero. Schariar pensó por un instante si no se cruzaría esa cita con la fecha de la exposición, pero al rato aceptó, diciéndose que si fuese así no tendría más remedio que pedirle disculpas y aplazarlo para otro día. Luego de pactar la salida, se despidió de Laurence y sus amigas.

Al acercarse hasta donde Ayesha lo esperaba, ella le quedó mirando muy seria. A lo cual Schariar le explicó que quería tener amistades y que tal vez esas chicas alguna vez les podrían hacer un favor cuando lo necesitaran. Además le explicó que lo habían invitado al cine el 7 de febrero, y que él les mencionó a ella, diciéndoles que también Ayesha iría con el grupo.

Ella se tranquilizó un poco, y hablándole en voz alta le advirtió que no se olvidara de la fecha de la exposición de joyas y que debían estar sin falta ahí.

El vigilante del instituto, que caminaba muy cerca de ahí, no pudo evitar escuchar la conversación de los jóvenes, se quedó turbado y pensó qué harían dos jóvenes en una exhibición de tal índole. Al retirarse los muchachos del instituto por la puerta, el vigilante se les quedó mirando mientras caminaban por la vereda y murmuró para sí mismo:

—¡Una exhibición de joyas!, ¡si continuase con mi profesión anterior, seguramente yo estaría planeando robármelas!

Después de unos minutos se olvidó del asunto y continuó con su trabajo como si nada hubiese pasado.

Al salir del instituto, los jóvenes tomaron el primer taxi que pasó y se dirigieron a su departamento. Luego de unos minutos salieron a comprar algo de alimentos pues habían decidido quedarse dentro de su residencia hasta el día 3 de febrero, día antes de la reunión de los principales directivos de hoteles de Miraflores en CENFOTUR, para acordar con el administrador hasta el más mínimo detalle.

¡Todo saldrá bien, Smith!

Mientras tanto, Fabián se encontraba reunido con sus diez antiguos compañeros, en una quinta vieja de los Barrios Altos de Lima. Se extrañó con la respuesta de Joaquín, un delgado joven trigueño como de unos treinta y un años, cuando le preguntó qué era de la vida de Faustino Guerrero, Su más fiel amigo de antaño. A lo cual Joaquín le respondió que no sabía de él desde hacía más de cinco años y que según se enteró hacía tiempo había dejado el camino del hampa para dedicarse a trabajar honradamente.

Fabián no lo podía creer, cómo era posible que un ex condiscípulo suyo se retirará de esta vida de oscuros rumbos, era algo que no podía comprender. *Ni modo*, se dijo a sí mismo, *cada uno es dueño de su destino*. Y decidió olvidar el tema.

Los once se dividieron en tres grupos para averiguar el paradero de los jóvenes. Lo único que tenían, en términos de pistas, era que se trataba de dos muchachos; el joven con bigotes y barba, de tez blanca, y como de 1.78 de estatura; la chica con unos 1.76 de altura, de tez blanca y grandes pestañas. Y que a los jóvenes los habían visto solamente una vez por los alrededores del distrito de Miraflores. Luego de compartir esos datos de *identiqui*, se separaron para empezar la búsqueda.

Joaquín, Esteban y Fabián decidieron ir a encontrarse con Smith ya que él les iba a compartir el plan a ejecutar para poder capturar a los jóvenes y que aseguraba un 85% de certeza.

Al enterarse Smith de la manera en que Fabián estaba llevando a cabo la búsqueda exclamó:

—¡Aleluya, por fin haces algo bien!, pero no los subestimes… y debes saber que los quiero sanos y salvos. Ojalá no falles esta vez, porque si no ya sabes lo que te pasará... Ahora puedes retirarte.

Una vez que Fabián estaba fuera de la presencia de Smith, su compañero Joaquín le recriminó diciéndole:

—¡Así te dejas tratar por tu jefe! Yo soy de la opinión de abandonarle…

—Qué se habrá creído, le haces un favor y mira cómo te lo paga —añadió su compañero Esteban.

—¡Callen insensatos! —gritó Fabián en el límite de la exasperación—. ¡Él es el jefe y con él trabajaré así me cueste el pellejo! Pocos son los que tienen la oportunidad de ingresar a su banda.

Joaquín y Esteban se miraron indignados pero tuvieron que resignarse a seguir en la búsqueda sin mucho detalle.

Mientras tanto en el escondite, Smith le estaba dando indicaciones al más hábil en averiguar información. Esa persona era Gregory Bünge, que, con acento típico alemán, sólo contestaba con un: «¡Sí, Smith, lo he entendido!». Lo que Smith le transmitió fue que él se encargaría en vigilar el ingreso y salida del gerente del hotel, cuyo nombre era Miguel Segura, y que cualquier movimiento sospechoso inmediatamente le comunicara por radio. Era un trabajo delicado, pero que para Gregory era un juego de niños ya que no se podía comparar con los momentos difíciles que él había pasado cuando traficaba estupefacientes. Después de recibir esa orden, salió de la casa y partió en su motocicleta en dirección a Miraflores.

La siguiente orden fue para Edward Felix, experto en todo tipo de armas de fuego; Juan López, experto en abrir todo tipo de cerraduras; y Carlos Chuquihuanca, ladrón empedernido y desalmado, especialista en fugas y motines. Les dijo Smith que desde el primero de febrero, o sea al siguiente día, debían de estar ubicados en el distrito de Ancón, como a un kilómetro de distancia de la carretera del Pasamayo.

—Se llevarán la camioneta, y tú, Edward, serás el responsable de regresármela en buenas condiciones. Según informes que he recibido de Mario Cassimiro, el yate que ha de venir con las armas debe llegar a eso de las 11:30 de la noche del primero de febrero y más o menos a un kilómetro de Pasamayo. No se preocupen por la policía de Ancón, ya están comprados. Lo que sí deben de cuidarse es del ejército, pero, como a esa hora hacen cambio de guardia estarán dándose un descanso, y calculamos que el intercambio de la mercancía debe ser rápido. Ahora les entrego este maletín que contiene 750,000 dólares y por los cuales deben entregarnos: cien sartas de balas de metralleta y otras tantas de revolver, veinticinco metralletas (FAL), dos cajas de dinamita, dos cajas de granadas, veinticinco pistolas automáticas, veinticinco silenciadores, diez fusiles con miradas telescópicas e infrarrojos para la noche, diez gemelos (larga vistas), quince chalecos antibalas y cincuenta cuchillos de campaña.

Luego de darles toda la lista de armas que tenían que recoger, les dijo que saliesen y no volviesen hasta tener el encargo. Antes de irse Edward exclamó:

—¡Vaya, con todo ese armamento podríamos dar un golpe de Estado! —Y con una ligera sonrisa se despidió de ellos.

Después de que salieron los tres, Smith se dirigió a Javier Lamp diciéndole:

—¡A ti, por ser la persona en la que más confió, te doy la misión más ardua y te hago responsable por que se cumplan las órdenes dadas a Edward, Juan y Carlos! Edward es buen muchacho, pero es muy confiado. Siempre creé poder ganar y eso es un detalle que siempre hay que tener en cuenta. Pero tú Javier eres él más sereno e inteligente y junto con Gregory te voy a encomendar la misión de cuidar a los muchachos —dijo al tiempo que le estrechaba el brazo por los hombros.

Después de expresarse así le obsequió un habano que se lo encendió primero antes de hacerlo con el suyo. Ambos echaron una bocanada de humo, inundado todo el ambiente austero y oscuro de un olor a rape.

—¡Smith, no se preocupe, le aseguro que todo saldrá bien! —dijo Javier y salió de la guarida para cumplir con la misión.

Un vigilante desconocido

Esa noche Schariar estaba en la sala del departamento, viendo el noticiero, cuando se quedó estupefacto al escuchar detalles más exactos del robo al banco efectuado el 15 de enero cerca de la Universidad de San Marcos. En ese momento, gritó:

—¡Ayesha, ven escucha esto!

Informaban que los seis sujetos encapuchados que asaltaron el banco conformaban una banda internacional buscada por la Interpol (policía internacional), y que no tenían nada que ver con algún grupo guerrillero como se creía al comienzo. También decían que no se sabía sus nombres verdaderos.

"La policía está tras la pista, pero aún no se tiene noticias de ellos. Después de que los criminales abandonaron el banco, los empleados enseñaron a las autoridades policiales una figura enigmática que habían dejado los asaltantes. Aquella figura era una "S" formada por doce monedas de oro. Los policías creen que se trata de algún signo especial del grupo. La cantidad de dinero robado de las propias bóvedas del banco a plena luz del día, asciende a 1'430,000 dólares, suma que hasta ahora nunca habían logrado llevarse de un solo golpe ningún grupo de asaltantes. Autoridades policiales afirman que la llegada de esa banda a nuestro país no es de hace tiempo y sospechan que están aquí con motivo de una exhibición de joyas que se llevara a cabo en un hotel de la capital; los representantes de los establecimientos envueltos prevén tomar amplias

medidas de seguridad".

Al finalizar el informe del noticiero, Schariar no pudo menos que reírse.

—¡Cómo puedes reírte, son peligrosos criminales y sin embargo nosotros estamos en medio de todo esto! —le dijo Ayesha asombrada.

—¡No te das cuenta! —exclamó Schariar—. Los policías no saben nada de la banda, la Interpol está tras su búsqueda sin saber sus nombres; y, sin embargo, nosotros sabemos casi todos sus movimientos, los nombres de aquellos, la dirección de su nuevo escondite y, es más, la incógnita que toda la policía está por averiguar, nada menos que la figura "S" formada por las doce monedas. No hay duda, Ayesha, que le llevamos ventaja a la policía. Verás, hace dos años Smith y Mario realizaron un gran acto el cual llamaron "Las once monedas de oro"; luego vino el robo de ese banco, al cual Smith denominó "Las doce monedas de oro"; y el próximo robo, el que se convertirá en el mayor hurto en la historia de Smith, el de las joyas, lo van a denominar "Las trece monedas de oro". Como podrás darte cuenta, cada acto o fechoría que realiza lo denomina con una moneda más, lo que me tiene intrigado es porque forman la "S".

Ayesha, en el límite del asombro, le dio un beso en la mejilla y exclamó:

—¡Eres formidable amigo, ahora sí que estoy segura de que lograremos desarmar a Smith y su banda!

—Oh, no te confíes mucho Ayesha, Smith no es ningún tonto —afirmó Schariar.

Al día siguiente de haber visto el noticiero, ambos

muchachos se prepararon a tomar el desayuno y salir a reunirse con el administrador de CENFOTUR, puesto que ya estaban en el día 2 de febrero y tenían que dejar todo listo para la reunión de los ejecutivos.

Llegando a CENFOTUR los jóvenes entraron al instituto por la puerta principal. Para su buena suerte, en ese momento no se encontraba el vigilante, quien los hubiese reconocido. Al ingresar se dirigieron directamente al despacho del administrador.

Mientras caminaban en dirección a la oficina, Ayesha murmuró:

—¡Ojalá, que no se aparezca esa muchachita!

—¿De qué muchachita estás hablando? —preguntó Schariar.

—De ninguna, sólo me acordaba de una amiga de estudio —contestó Ayesha esquivando de esa forma la conversación. Aunque ella sabía muy bien que le era difícil ocultar algo a su amigo.

Al entrar al despacho del administrador, esté los saludó efusivamente y a renglón seguido les explicó que la reunión se efectuó sin ningún contratiempo y que las invitaciones de los hoteleros se realizaron con absoluta reserva, asegurándoles que sería casi imposible que personas ajenas descubriesen el plan de la reunión.

Al enterarse de la noticia Schariar se alegró y sacando de su bolsillo un fajo de billetes, contestó:

—Señor Fernando, en vista de que la reunión se realizará de todas maneras el día 3 de febrero a las 7:30 de la noche, quedo de usted profundamente agradecido y le entrego la cantidad de cuatro mil dólares para los costos del local, alimentos, bocadillos y gastos afines que se requieran.

Antes de salir, el administrador se dirigió a los jóvenes diciendo:

—Queridos amigos, si todo resulta como lo están planeando y logramos capturar a la banda, me gustaría que desde ese día en adelante pueda proporcionales alguna beca de estudios o algún puesto importante en este instituto.

Cuando Ayesha escuchó esto le dijo al administrador que se contentaban con ser sus amigos por si algún día necesitaran de su ayuda y que no aspiraban a ningún puesto de trabajo en particular. Luego de decir esto, se despidieron de él y salieron del instituto.

Antes de llegar a la salida, Schariar escuchó que lo llamaban. Indudablemente había sido descubierto por Laurence.

Conocido siempre por su cortesía y modestia, Schariar no pudo menos que acercarse y conversar con la bella chica. Mientras aquello sucedía, Ayesha exclamó:

—¡Ya me admiraba el no verla al entrar! —Y sin aguantar más, se encaminó hacia la puerta y salió.

Al ver que Ayesha se marchaba molesta y sin esperarlo, Schariar no pudo menos que aligerar la conversación y despedirse de Laurence, para no dejar que su mejor amiga se fuese sola.

Mientras tanto, Gregory Bünge ya se estaba impacientando de vigilar la salida del gerente del hotel, a cierta distancia de éste, por supuesto. Hasta ese momento se había limitado a seguirle de la casa al hotel a las ocho de la mañana y viceversa a las cinco de la tarde, nunca nada diferente o que alterara su rutina diaria. Gregory estaba ya en el límite de la exasperación de lo monótono de su trabajo, cuando de pronto algo lo sobresaltó: corría el 3 de febrero, eran las seis de la tarde y no salía el gerente del hotel.

Mientras tanto, Gregory Bünge ya se estaba impacientando de vigilar la salida del gerente del hotel, a cierta distancia de éste, por supuesto.

A eso de las 6:15 p.m. el gerente salió y se marchó en su automóvil; pero, en vez de dirigirse a su casa, tomó otra ruta, en dirección al distrito de Barranco.

Bünge esperó un poco más. A eso de las 6:15 p.m. el gerente salió y se marchó en su automóvil; pero, en vez de dirigirse a su casa, tomó otra ruta, en dirección al distrito de Barranco. Gregory se puso en alerta y lo siguió en su motocicleta a una distancia prudencial. Luego, como a unos diez minutos de recorrido, el auto se detuvo frente a una casona; un letrero indicaba que se trataba de un instituto de educación superior. El gerente salió del automóvil e ingresó a dicho local. Por el aspecto que presentaba el instituto a esa hora de la noche Gregory supuso que debía realizarse alguna reunión especial.

Simulando ser un peatón curioso, Gregory entabló conversación con el vigilante de la puerta. Por medio de él se enteró que la reunión era exclusivamente para personalidades representativas de la rama hotelera de la ciudad de Lima. Además se enteró del nombre del vigilante, quien en un momento de descuido en la conversación le dio a entender que hacía varios años se había retirado de los bajos mundos de la sociedad. Luego de hacer tales descubrimientos se despidió del vigilante como si fuesen buenos amigos.

Inmediatamente fue a comunicarse por radio a la estación de Smith y dejarle saber acerca de los últimos datos conseguidos.

Al enterarse de la reunión, Smith supuso que posiblemente estaban tratando los últimos detalles de la exhibición que se realizaría el 8 de febrero, dentro de cinco días.

Después de meditar un rato, le ordenó a Gregory que regresara a la casa de La Molina.

Esa noche, en el escondite de La Molina, se

— 56 —

encontraban reunidos todos los integrantes de la banda para recibir las nuevas noticias. Edward informó que todas las armas estaban en buenas condiciones y que no habían sufrido ningún percance, además le entregó una carta a Smith de parte de Mario por uno de sus mensajeros del yate. Smith la leyó en silencio:

12 de febrero
Amigo Smith:

Las armas que te mando como sabrás ascienden a la suma de 1'000,000 de dólares. Espero que te sean de buena utilidad, pero no te olvides del trato que quedamos: 30 % para mí, el resto se queda contigo.

Como verás, el importe es mayor que el convenido, pero no pongo reparos. Confío en ti. Buena suerte.

Atentamente,
Mario Cassimiro

Al leerla, Smith no pudo dejar de chistar un poco, exclamando para sí mismo: «¡Siempre, quiere llevarse algo él acomedido de Mario!».

Los integrantes de la banda se preocuparon por el contenido de la carta y por el gesto que puso el jefe; pero pronto Smith se serenó y continuó la conversación. Y mientras se dirigía a Edward lo felicitó por hacer tan bien el trabajo. Eso sí, les advirtió, que aquello era sólo el comienzo y que lo difícil vendría el día de la exhibición. Luego prosiguió, dirigiéndose a Carlos:

—A ti te toca hacer el siguiente recado, para lo cual eres el escogido de todos nosotros porque eres el único que conoce a gran cantidad de ladrones y forajidos en esta ciudad. Quiero que vayas y me traigas a siete de los mejores, ya verás tú a quienes escoges, confío en ti, no me falles.

Luego que Carlos recibió la orden, salió de la casa en búsqueda de sus conocidos. El resto de los del grupo se quedaron asombrados por semejante pedido, a tal punto que Juan murmuró en voz alta:

—¡No entiendo para qué quiere el jefe siete integrantes más, si nosotros solos podemos cometer el robo!

Al escuchar lo que decía Juan, Smith serenamente se puso de pie y dijo:

—Hasta ahora el plan está resultando y vamos a salir triunfantes, yo por mi parte no les fallaré y confío en que ustedes tampoco lo harán. En el día del robo se darán cuenta por qué lo he planeado así.

En ese momento se abrió la puerta y entró Fabián para informarle al jefe que se estaban acercando a encontrar a los jóvenes detectives porque habían descubierto que la dirección de ellos estaba por los alrededores de la Av. Pardo. Smith quedó complacido porque cada día veía la oportunidad de encontrarse con los jóvenes.

Después de informarse todo lo que tenían que saber en la preparación del gran robo de joyas, se relajaron todos y salieron a tomar un poco de aire.

Quiso la casualidad, o tal vez el destino, que justo en el momento en que salían de la casa, Gregory entabló conversación con el nuevo postulante de la banda, Fabián, y mientras se contaban anécdotas de sus vidas, Gregory le relató que cuando estaba vigilando al gerente del hotel en el instituto de turismo, conoció al vigilante; y lo que más le llamó la atención es que en una de sus conversaciones le dijo:

—¡El trabajo honrado es mucho mejor que comportarse como gato techero!

Fabián al escucharle se rio y sólo atinó a decir:

—Seguramente que nunca ha sido bueno para eso.

Luego Fabián, por broma o por continuar la conversación, le preguntó sí sabía su nombre por casualidad. Al escucharlo hacer esa pregunta Gregory se carcajeó de la risa porque el nombre del vigilante era de lo más gracioso, pero al cabo de un rato habló:

—Su nombre que me dijo era mm... espera, no me acuerdo muy bien, empezaba con F... Creo que ya lo recuerdo Ferepico... ¡No, no es así!, ¡Ah! Federico, sí ese es su nombre ¡Federico Guerrero! —gritó de júbilo al recordarlo.

Al oírle decir ese nombre, Fabián casi se cae de bruces, no lo podía creer. Por una simple casualidad Gregory dio con su antiguo amigo. Y eso lo puso muy contento, hasta comenzó a bailar de la emoción. Gregory, Smith y todos los muchachos se quedaron admirados, no podían entender semejante actitud de Fabián. Hasta que este, ya calmado, les explicó a sus compañeros en estos términos:

—Cómo no voy a estar contento, si he encontrado a un hermano con pacto de sangre y con el cual juramos nunca separarnos; lo que ocurriese a cualquiera de nosotros dos, él otro respondería por ello.

Pero en eso lo interrumpió Gregory diciendo:

—Fabián, Federico trabaja como vigilante y no creo que desee volver a ser como antes.

—No importa —dijo Fabián—. Yo no le pido que regrese, pero, un hermano es un hermano.

Luego de haber dicho esto se calló y continuó bailando, al cabo de media hora todos se retiraron a descansar.

La gran reunión

Era la tarde del 3 de febrero, en el departamento de la Av. Pardo Ayesha y Schariar se alistaban para ir al instituto, a la gran reunión con los empresarios hoteleros.

Ayesha vestía un hermoso vestido color azul; y cuando la alumbraba la luz artificial, toda ella brillaba como un diamante. Iba adornada con un collar y aretes de perlas naturales y llevaba puestos un par de zapatos de charol de taco alto. Al verla vestida de ese modo Schariar no dejó de emitir un silbido y sólo atinó a decir:

—¡Ayesha, pareces una princesa! Oh no, eres una princesa.

Él vestía un terno negro de lanilla inglesa, recién acabado de confeccionar y traía puestos zapatos negros.

Realmente ambos parecían personajes de alguna realeza europea.

Para completarla, Schariar, a petición de Ayesha, y contando con la fabulosa suma de cien mil dólares, producto del dinero del maletín de Smith, compró un automóvil negro de marca Trans Am último modelo con lunas polarizadas; su apariencia de noche era de un auto fantástico.

Antes de salir del departamento, Schariar le ofreció el brazo a su compañera y luego se dirigieron con el auto a la reunión.

Al llegar al instituto les abrió la puerta el portero y los hizo pasar al salón, pero, antes de entrar, la mirada de Schariar se cruzó con la del vigilante. Esto no le gustó al muchacho, pero se hizo como si no lo hubiese tomado en cuenta.

Ya una vez dentro, se encontraron con el señor Fernando, quien les presentó a todos los representantes de los hoteles más distinguidos de la ciudad de Miraflores.

Después de ser presentado ante todos y alternar algunas palabras con ellos, Schariar se retiró a la mesa de bufé. Ayesha, al verlo, lo increpó diciendo:

—¡Cómo puedes comer en estos momentos, cuando se supone que tenemos que encontrar a la persona responsable del hotel!

—Ayesha, sabes bien que soy de buen diente y no puedo pensar con el estómago vacío, además los bocadillos están deliciosos —exclamó Schariar y prosiguió—: mira, hay pastel de manzana, fresas, bombones, sándwiches de todos los sabores, pavo al horno, lechón, vinos, licores de todos los tipos y mucho más. Cómo quieres que al ver esto no se me abra el apetito.

Ella al oír esto sólo atinó a decir:

—¡Estos hombres, todo lo ven comida! —Pero al rato también ella estaba gozando del bufé.

Cuando saciaron el hambre, y terminada la conversación y el plan de averiguar el hotel de la exhibición, llamaron al señor Fernando y le explicaron que Schariar quería hablarles a todos los representantes. El administrador de inmediato logró llamar la atención de todo el público, y luego de las presentaciones y protocolo, le cedió el lugar a Schariar, el cual se dirigió de la siguiente manera:

Cuando saciaron el hambre, y terminada la conversación y el plan de averiguar el hotel de la exhibición, llamaron al señor Fernando y le explicaron que Schariar quería hablarles a todos los representantes.

—Buenas noches, señor director del centro de estudios, señor administrador y dignos representantes de los más respetados hoteles de Miraflores: conozco el esfuerzo que todos ustedes ponen en sacar adelante cada día el turismo receptivo, nacional e internacional de nuestro querido Perú. Por tal motivo, cada uno de ustedes realiza conferencias, exhibiciones, concursos, *tours* y un sinfín de cosas para atraer turistas, pero existen ciertos enemigos implacables que destruyen ese afán de superación de nosotros; esos enemigos son la delincuencia, el narcotráfico, el terrorismo, la inflación y la excesiva burocracia que existen en nuestro medio. Debido a ello es que hemos organizado esta reunión, para luchar con uno de esos males.

Después de una pausa todos aplaudieron y ovacionaron al muchacho, quien luego continuó:

—Existe un hotel, un digno hotel, mejor dicho, que se esfuerza en atraer a esos turistas. Y, vaya, qué turistas los que vendrán, gente rica, aristócratas, gobernadores, petroleros y muchos más. Esas personas dejan al país divisas, dinero fresco y confianza para los empresarios. Ese hotel para atraer a todas esas personas ha planeado realizar una exhibición, pero qué exhibición, ¡albricias!, una exhibición como nunca se ha visto en nuestro país. La primera exhibición de joyas más famosas del mundo. Y ahora quisiera pedirle que se dignase el representante de ese hotel a acercarse al despacho del administrador de este instituto, él solo, nadie más debe acompañarlo. Es todo lo que tengo para informarles. Muchas gracias por su atención y hasta luego.

Al terminar su discurso todos aplaudieron efusivamente, felicitándolo por lo dicho, comentando que tenía buenos atributos de orador. El sólo dio las gracias a todos saliendo con Ayesha inmediatamente en dirección a la oficina del administrador para encontrarse con el encargado del hotel.

Al entrar se encontraron con el señor Fernando y con otro señor de edad bastante avanzada. El administrador se lo presentó a los muchachos como Miguel Segura, gerente general del hotel situado en la Av. 28 de Julio 563 Miraflores, donde se realizaría la exhibición el día 8 de febrero. (El nombre del hotel no será mencionado por razones de seguridad, estimado lector).

Al enterarse de aquello que buscaban, Schariar le dio las gracias a él y al gerente del hotel por la valiosa información y prosiguió:

—En primer lugar, quiero felicitar al gerente por haber llegado a la oficina más rápido que nosotros.

En eso respondió el gerente:

—Vine rápido porque me embargó la curiosidad cuando hablaste.

Schariar continuó:

—Necesita saber, señor Miguel, que su exhibición se ve amenazada de robo.

—¡No lo puedo creer! —exclamó el gerente.

—Sí, señor Miguel, como le digo, amenazada por una banda internacional. La policía no sabe casi nada sobre ellos, pero nosotros conocemos casi todos sus movimientos.

En ese momento lo interrumpió el gerente diciendo:

—Pero avisen a la policía, al ejército o a quien mejor corresponda, para atraparlos.

—No es posible, arruinaríamos todo nuestro plan —dijo Schariar—. A su debido tiempo les avisaremos, pero lo que debemos de hacer es lo siguiente: usted, señor Miguel, trate de guardar todas las joyas verdaderas en cualquier sitio, menos donde se supone que deben de estar, y reemplácelas por falsas, pero tenga en cuenta que esas deben de ser perfectamente iguales que las verdaderas. Esas joyas falsificadas deben ser guardadas donde se guardarían las verdaderas y también expuestas en el día al público. Por nada del mundo debe de sacar las legítimas.

—Pero si uno de los clientes desea comprar, imposible darles las falsas. Sería engañarlos y tirar por los suelos el prestigio del hotel —interrumpió el gerente.

—¡Oh, no se preocupen por eso! —dijo Schariar—. Ustedes saben cómo tratar al público diciéndole que le enviarán las joyas a su dirección respectiva cuando la exhibición termine. No creo que el cliente desconfíe de su digno hotel, verdad señor Miguel.

—¡Oh sí, sí claro! —repuso el gerente.

—Luego avisaremos a la policía para que estén alertas día y noche, pero vestidos de civil. Por las calles colocaremos unos diez agentes, apostados alrededor del hotel e inclusive en los techos de los edificios aledaños; y dentro del hotel, especialmente en el salón de la exhibición, unos cinco agentes en cada ambiente simulando ser parte del público. ¿Entendió bien señor Miguel?

—¡Sí, por supuesto jovencito! —contestó el gerente.

—Bueno, haga todo lo que le he dicho, que del resto nos encargamos nosotros. Ahora, ¿cualquier consulta, en dónde lo podríamos ubicar? —repuso Schariar.

—En mi oficina del hotel, en el quinto piso, sólo pregunten por el gerente Segura y digan que es de parte de ustedes.

Después de haber quedado todo listo, los muchachos se despidieron y salieron de la oficina. Pero antes de hacerlo, Schariar decidió ir a la mesa del bufé para llevar algo de comer en el camino, mientras Ayesha exclamaba:

—Schariar, ¿hasta cuándo vas a seguir?, ¡te vas a volver un cerdo!

—Bah... Ayesha, empezamos de nuevo, creo que tú también debes de comer algo, te diré que cada sándwich o postre que digiero, siento como si me costarán cientos de dólares y no puedo dejar de sentir placer al comer uno más.

—¡Por supuesto! —repuso Ayesha—. Si el bufé y los adornos nos han costado un dineral.

—¡Ups, lo había olvidado! —exclamó el muchacho simulando no acordarse.

Después ambos en medio de la risa salieron de ahí, entraron en el auto y partieron. Mientras se dirigían a la Av. Pardo, Schariar no pudo dejar de sentir placer al estar manejando un auto de tal calibre y hasta puso cierto aire altanero.

Ayesha se dio cuenta del cambio en la actitud de Schariar y decidió expresarlo:

—Schariar, sabes que la vanidad y altanería están sólo en personas frívolas y déspotas.

—¡Oh! Sí lo sé, Ayesha, y no soy altanero, pero me gusta este auto y creo que tú también te deberías comprar uno a tu gusto. En fin, es bueno darse su gusto de vez en cuando… ¿no lo crees?

—Sí, pueda ser que tengas razón Schariar, creo que después de haber terminado este caso me compraré uno a mi gusto —respondió ella.

Me olvidaba de contarles que el auto de Schariar, tenía además las lunas polarizadas para evitar que la gente lo viera; o si en un futuro se involucrara más en el mundo del crimen, sus enemigos no pudieran reconocerlo. Además, estaba planeando convertirlo en un auto blindado en el futuro, pero sin dañar la figura original del auto.

El encuentro de viejos amigos

Fabián despertó al día siguiente con la idea de ir a buscar a su antiguo amigo, así que le pidió a Gregory la dirección del instituto donde laboraba y se apresuró a partir.

Alrededor de las 2:30 de la tarde el vigilante de CENFOTUR divisó como a setenta metros de la puerta a un individuo que caminaba hacia él. Su estilo de andar le recordó de una antigua amistad. Y cuando tuvo al hombre enfrente suyo se quedó estupefacto pues no tardó en reconocerlo. ¡No podía creer que su amigo venía a buscarlo justo ahí!

Al encontrarse se estrecharon en un fuerte abrazo y se pusieron a platicar de todo lo que les había ocurrido en el transcurso de los últimos seis años, el tiempo que llevaban separados. Fabián se asombró al verlo vestido con uniforme de seguridad, y se sintió raro al enterarse por la misma boca de Federico acerca de su renuncia a la vida del hampa.

Federico le preguntó qué hacía en esos momentos. Y Fabián, reconociendo que no podía esquivar la pregunta ya que años atrás los dos pactaron siempre ser sinceros el uno con el otro y tenerse confianza como si fuesen uno solo, le contestó que en ese momento pertenecía a la banda de Smith, y que estaban buscando pistas y haciendo planes para robar unas joyas que serían exhibidas en un hotel de Miraflores.

Federico se asombró por la noticia y Fabián le

preguntó a qué se debía su reacción.

—¡Oh!, es que acabo de recordar algo —replicó Federico—. Hace como cinco días vi a dos jóvenes que salían de aquí, y la chica le gritaba al muchacho: «¡No te olvides que ese día tenemos que estar en la exhibición de joyas!». Lo extraño es que supongo que esa exhibición será para personas adultas y pertenecientes a cierta clase alta y aristocrática y no para dos jóvenes como ellos.

Al enterarse de lo que le decía su compañero, Fabián tuvo que tomar asiento porque casi se cayó de bruces por la noticia. Luego de reaccionar, Fabián no pudo menos que agradecerle a Federico por la noticia. Este no supo para qué le daba las gracias y preguntó:

—¿Por qué?, ¿qué fue lo que dije? ¿Acaso te interesan esos muchachos?

—¡Por supuesto! —exclamó Fabián—, los estoy buscando desde hace días y todavía no doy con ellos. Además, esos chicos quieren arruinar nuestros planes y necesito atraparlos, nuestro jefe quiere conocerlos.

Al escuchar lo que le decía, Federico no pudo menos que murmurar:

—¡Eso era lo que se temían los chicos, ya caigo en la cuenta! —Y luego dirigiéndose a Fabián le explicó—: Si tú fueses otra persona de la banda no te diría lo que voy a decirte, pero, teniendo un pacto contigo y como hermano, te informaré lo siguiente: Sabrás que los podrás atrapar a los jóvenes el día 7 de febrero, porque ese día tendrán una cita con un grupo de chicas del instituto a las 5:30 de la tarde, según lo que pude escuchar hace algunos días cuando vinieron y el joven entabló conversación con una estudiante. Pero, eso sí, tendrás que atraparlos lejos de aquí para que no se enteren los jefes del instituto ni yo pueda dar parte del crimen.

Cuando Fabián se enteró de la noticia y escuchó las recomendaciones de Federico, le juró hacerlo de tal forma que ni él ni ninguna persona se enterarían del rapto.

Luego Federico le informó que los dos muchachos manejaban un automóvil negro con lunas polarizadas de marca Trans Am.

Después de haberle dicho todo a Fabián, éste le dio las gracias por las buenas nuevas y por haberle salvado, porque de ello dependía su vida, luego siguieron conversando por espacio de media hora sobre otros temas banales hasta que tuvo que retirarse. Y lo más asombroso fue que todo se debió gracias a un encuentro casual entre Gregory y Federico.

Al llegar al escondite de La Molina e informarle la noticia a Smith; éste, ya más tranquilo, lo felicitó mientras murmuraba:

—Por fin podré conocerlos y darme el gusto de poder llevar a cabo el plan sin tropiezos, mientras los jóvenes estén en mis manos.

Últimos preparativos

Era el 6 de febrero, a dos días antes de la gran reunión de empresarios en el instituto. Schariar y Ayesha salieron con el auto del departamento de la Av. Pardo con dirección al hotel, a entrevistarse por última vez con el gerente, para los preparativos finales de la exhibición.

Al llegar al hotel preguntaron en recepción por el gerente Segura, luego de dar sus nombres, les dieron la bienvenida llevándolos con rapidez hacia el despacho gerencial.

Una vez que se encontraron solos con el gerente, éste les informó que todo había sido preparado conforme al plan y las joyas verdaderas estaban guardadas en una caja fuerte en el banco de la ciudad y que nadie, excepto su esposa, sabía dónde estaban. En cambio, las falsas ocupaban el lugar de las verdaderas; además se contrataron veinte guardias particulares y otros veinte oficiales policiales vestidos de civil, los cuales montarían vigilancia dentro y fuera del hotel.

Les invitó a que pasaran al salón donde se realizaría la exhibición. Este era un cuarto bastante grande, dividido en varios ambientes, todo estaba adornado de manera exquisita; cuadros réplicas de famosos pintores con pan de oro en los bordes, cortinas de las más finas y alfombras traídas desde el medio oriente. Las joyas falsas estaban tan bien hechas que al más hábil conocedor de estas le hubiese sido difícil reconocerlas, estaban ubicadas en sus respectivas vitrinas. Cada una estaba distanciada por un espacio de 1.50 metros permitiendo así el pase del público sin dificultad. A Schariar le pareció que todo estaba bastante bien ordenado y conforme, por lo cual sería casi imposible que pudiese entrar un grupo a llevárselo, pero, tratándose de la banda de Smith, no era bueno subestimarlo. Además recomendó que fuesen vigiladas también las bóvedas del hotel.

Todo estaba listo y conforme para el gran día. Luego de haberles enseñado el salón, el gerente les invitó a almorzar en el hotel. Schariar pidió un plato que jamás había probado; pero como tenía mucha curiosidad por conocer cómo era, ordenó un filete miñón a la parrilla con una especie de salsa al vino tinto servido con papas al hilo doradas. Ayesha prefirió no probar suerte y ordenó su favorito, una simple lasaña con salsa de carne, y el gerente pidió un churrasco a lo pobre con papas doradas.

Dialogaron largo rato y bromearon mientras comían quedando como grandes amigos. Luego de despedirse regresaron al departamento llegando ya bien pasada la noche. Tan cansados estaban que una vez que entraron al departamento se tumbaron a la cama a dormir.

Mientras tanto Fabián se reunió con el grupo de los diez para informarles la nueva noticia de los muchachos, les dijo que ya no tendrían que seguir buscándolos porque él los había encontrado y les narró su encuentro con Federico. Lo único que les quedaba por hacer era estar en el Instituto de CENFOTUR a las 5:15 p.m. el día 7 de febrero. Quince minutos antes de la hora en la que llegarían los dos muchachos a encontrarse con un grupo de amigas para ir aquella noche al cine.

—Los seguiremos hasta que termine la función y

una vez que sus amistades los dejen solos los atraparemos para evitar la vista de curiosos, antes que lleguen a su casa. De esa forma, sabremos donde viven en caso de necesitarlo más adelante. Y los llevaremos en presencia de Smith. Eso sí, les advierto que cuiden sus modales. Smith los quiere sanos y salvos, sin ningún rasguño, en caso contrario pagaríamos con nuestro pellejo.

Sus compañeros juraron portarse bien con ellos. Sin embargo, uno de ellos, llamado Pedro, refunfuñando dijo:

—¡Oh, Fabián, sabes tú muy bien lo susceptible que soy con las mujeres, si es muy guapa no creo que pueda frenar mis impulsos!

A lo que él respondió:

—Te costará muy caro si no frenas tus impulsos; porque si Smith se entera que le has puesto un dedo a la muchacha, serás el desayuno de los pececillos y yo seré su almuerzo.

—¡Oh ya... ya... está bien! —murmuró a regañadientes Pedro.

Sin sospechar en nada y mientras se dirigían al cine no se percataron que una camioneta oscura con cuatro personas a bordo los venía siguiendo.

Por una cita

Schariar y Ayesha se alistaron para reunirse con Laurence y sus amigas, con quienes habían quedado en encontrarse en el instituto el día 7 de febrero a las cinco de la tarde para salir a pasear o a algún cine esa noche.

Subieron al auto y enfilaron en dirección a dicho lugar. Mientras se dirigían al encuentro quedaron ambos en retirarse a descansar a las doce o una de la mañana como máximo, para estar frescos el día de la exhibición y poder así actuar en el momento preciso del asalto.

Al llegar al instituto se encontraron con que las chicas ya los estaban esperando. Laurence los saludó presentándoles a las compañeras que irían con ella.

Todos subieron al automóvil. Ayesha, Schariar y Laurence iban adelante y las otras cuatro chicas detrás. Mientras conversaban y planeaban a qué cine dirigirse, ellas no dejaron de prodigar loas y admiración por el auto, preguntándole a él cómo había hecho para obtenerlo.

—¡Un tío me lo ha regalado! —atinó a responder el muchacho. Puesto que no se atrevía a decirles la verdad, caso contrario se podría haber envuelto en graves problemas.

Sin sospechar en nada y mientras se dirigían al cine no se percataron que una camioneta oscura con cuatro personas a bordo los venía siguiendo.

Conversaron tanto dentro del carro que se les hizo tarde y cuando llegaron al cine ya habían cerrado la venta de boletos para la función de la película que querían ver, así que decidieron cambiar de destino y dirigirse al Boulevard de San Ramón, más conocido como "la calle las pizzas", ubicado en pleno centro de Miraflores a comer algo ligero y tomarse unas sangrías.

Mientras tanto, en la camioneta de lunas oscuras que seguía a los jóvenes, sus ocupantes estaban extrañados al ver que en vez de ir al cine se fueran a una pizzería. No les quedó más remedio que estacionar el auto a cierta distancia prudencial del Trans Am y dirigirse luego a consumir a un local frente a donde estaban los jóvenes brindando. Se pidieron un par de jarras de sangría para hacer tiempo y lograr vigilarlos sin que sospechasen.

Eran como la 1:30 de la mañana cuando los jóvenes decidieron retirarse, se subieron al auto disponiéndose a dejarlas en sus casas, y para buena suerte todas vivían cerca, entre la ciudad de Miraflores y Barranco; excepto Laurence, que residía por Chaclacayo. Viendo que les sería difícil ir hasta allá a semejante hora de la noche, Schariar la invitó a quedarse a descansar en su departamento.

Laurence no tuvo inconveniente, en cambio Ayesha frunció el ceño sin proferir opinión alguna, además hubiese sido injusto dejarla sola en la calle para que tomase un taxi ya que indudablemente era peligroso.

Una vez dejaron a todas en sus casas y ni bien llegaron al departamento, mientras estacionaban a unos quince metros de distancia del edificio, fueron emboscados por unas diez personas que con armas en mano con toda facilidad los trasladaron a la camioneta e inmediatamente se los llevaron con dirección a La

Molina.

Entre los tres, Laurence era la más asustada por no tener idea de por qué los raptaban. Aunque vivían en una época de constantes asaltos y secuestros, ellos no se encontraban en la lista de personas pudientes que pudiera interesar a las mafias.

Schariar se mantuvo impasible, no pronunció palabra alguna en todo el trayecto, en cambio Ayesha no paraba de preguntar a viva voz que por qué ellos y a dónde los llevaban:

—¿Quiénes son ustedes? ¿Para qué nos quieren y quién los manda?

Esperó una respuesta de parte de ellos y al ver que no les respondían, volvió a insistir:

—¿Qué les sucede? ¿Acaso son sordos y mudos? ¡Contesten ya!

Al rato, el que parecía ser el jefe giró hacia ella y mientras la miraba fijamente, respondió:

—No seas impaciente, ya conocerás a nuestro jefe, él está ansioso por conocerlos.

Luego dejó de hablar y no pronunció palabra alguna hasta llegar al escondite.

Los hicieron bajar del coche muy amablemente, Pedro (otro de los raptores) trató de acariciar a Laurence, pero en ese momento sintió la mano de Fabián en el hombro mientras le recordaba al oído:

—Serás el desayuno de los pececillos.

Schariar observó impasible toda la ruta del viaje, pero antes de entrar al escondite murmuró al oído de

Ayesha:

—Creo que sé quién nos quiere conocer y por lo visto no nos desea muertos.

—Eso mismo pienso yo —respondió ella y continuó—: Pero, ¿qué será de Laurence? Ella está asustada y no sabe nada.

—No te preocupes, Laurence es fuerte —contestó él—. ¿Sí o no Laurence?

A lo que ella respondió:

—Creo que sí, pero me gustaría que me lo explicaran.

El lugar al que los llevaron era bastante amplio, se veían varios carros cuadrados alrededor y una mesa grande en el centro con unas veinte sillas.

—¡Jefe Smith! —clamó Fabián—. Aquí les traigo a los desconocidos jóvenes que tanto ansiaba conocerlos, nos costó trabajo pero al fin dimos con ellos.

En ese preciso instante el jefe se incorporó de su silla y mandó desatar a los muchachos e invitarlos a tomar asiento.

Asombrado, Fabián exclamó:

—Pero jefe, se pueden escapar.

—No temas —repuso Smith—, estos jóvenes son lo bastante inteligentes para ni siquiera pensar en hacerlo, y mientras le guiñaba al muchacho le preguntó:

—¿No es cierto, mi joven detective?

Schariar no contestó sino que más bien se sentó con toda tranquilidad.

Smith empezó el interrogatorio:

—Ansiaba la hora de conocerlos, he visto que su astucia e inteligencia es mayor que la de los agentes de la policía nacional. Me imagino que son novatos en este tipo de menesteres, pero con todas las malas pasadas que me han hecho y siendo la primera vez en mi vida que me ponen en aprietos unos desconocidos, se han logrado el honor de que yo les tenga un profundo respeto. Si hubiese sido otro, me hubiese bastado con eliminarlo, pero no quiero que sea así con ustedes... lo único que deseo es apartarlos de mi camino.

Smith hizo una pausa para tomar aliento y preguntó:

—¿Cuáles son sus nombres, muchachos?

—¡Schariar y Ayesha, los jóvenes detectives! —respondió el joven.

Smith los miró detenidamente y luego de escuchar sus nombres, mientras inundaba la habitación con una bocanada de humo del puro que tenía en la boca, prosiguió:

—¿Saben una cosa?, desde el día que me dejaron la primera carta y después el resto de cosas que fueron sucediendo con tanta perspicacia y osadía me señalaron que no estaba enfrente de simplones investigadores privados, por eso les perdono las cosas que me han hecho y también parte del dinero cogido por ustedes. Eso sí, los mantendré bien cautivos aquí para que no me estorben más el camino; mañana es nuestro día y nadie podrá impedírnoslo. Además, les dejaré un pequeño obsequio si logran escapar en menos de veinticuatro horas, debido que toda esta casa volara en pedazos.

Y mientras decía esto, Smith, sacó de entre la maleta recuperada un fajo de diez mil dólares, y prosiguió:

—En caso de que escaparan, serán acreedores a esta suma de dinero; no podría ser más benevolente con personas que me han causado algunos problemitas.

Volvió a emitir otra bocanada de humo y más relajado continuó hablando:

—Tendrán dos alternativas, morir o vivir con algo extra.

En ese momento Schariar respondió:

—¡Estoy de acuerdo, pero déjalas ir a Laurence y Ayesha! Ellas no pueden morir así, son hermosas damas con gran futuro.

Smith respondió:

—Lo siento mucho jovencito, la sentencia está dictada. Ahora me voy a descansar… y que tengan muy buenas noches en sus aposentos. —Se retiró del lugar riéndose a todo pecho.

Mientras tanto Javier Lamp y Fabián llevaron a los tres jóvenes al cuarto contiguo. Los ataron de pies y manos de tal forma que tendrían que dormir sentados, dándose la espalda y sin poder mover los pies ni brazos, y también les vendaron la boca de modo que tampoco podían hablar. Antes de dejarlos solos en el cuarto revisaron que no tuviesen ningún arma o algo parecido a ello. Para buena suerte, Schariar siempre llevaba una pequeña navaja escondida dentro del zapato, en una especie de bolsillo secreto al lado de los pasadores de éste, lo cual la salvó de ser descubierta.

Una vez que pensaron tener todo bajo control, ingresaron al salón principal para desvalijar las vitrinas, pero en ese momento sintieron seis disparos al aire y una orden: —¡Manos arriba, están arrestados!

El doble golpe

Corría el día 8 de febrero, el hotel presentaba una atmósfera tensa y agitada, se preparaba para el gran evento, todos los empleados trabajaban afanosamente en los últimos detalles para la magna exposición de joyas mundialmente famosas. El personal de seguridad tomaba las máximas precauciones de riesgo, alerta con todos los invitados y público en general.

Eran las ocho de la noche, hora en la cual la exposición estaría en su máximo apogeo; mientras tanto, siete individuos se desplazaban en la oscuridad por la parte lateral izquierda del hotel, derribaron a cuatro agentes de seguridad particular e ingresaron por la entrada vehicular en dirección al sótano, desde ahí subieron por el elevador de carga hasta el séptimo piso, lugar donde se desarrollaba el evento, al salir del elevador lo primero que hicieron fue disparar al aire una ráfaga de metralleta e inmediatamente ordenaron que todos los presentes se tiraran al suelo, sin darse cuenta que cinco agentes policiales se habían escondido detrás del mostrador, justo en el lugar por donde debían de pasar los asaltantes.

Una vez que pensaron tener todo bajo control, ingresaron al salón principal para desvalijar las vitrinas, pero en ese momento sintieron seis disparos al aire y una orden:

—¡Manos arriba, están arrestados!

Sin embargo, uno de los asaltantes giró de improviso

con intención de disparar, pero recibió un tiro en el abdomen que lo tumbó de inmediato al suelo. Luego, prosiguieron a esposar a todos los hampones, sacándolos y poniéndolos a disposición del "escuadrón águilas negras" (sección de la policía especializada en secuestros y actos de terrorismo). Una vez en la patrulla fueron llevados a la prefectura.

Mientras esto sucedía, el gerente del hotel estaba hondamente preocupado porque los muchachos Schariar y Ayesha no aparecían. Ellos quedaron en encontrarse con él en la exposición a las seis de la tarde, y ya eran las diez de la noche. Y encima no lo habían llamado por teléfono o contestado sus llamadas.

Por un instante el gerente dudó de los muchachos, hasta pensó que pudieran ser parte de la banda; pero, luego de un momento de reflexión, se dijo a sí mismo: *¡No! No, puede ser. Además, si no fuese por esos jóvenes, ya se hubiesen llevado todas las joyas. En realidad he pecado en pensar mal de ellos, pudiese ser que se encuentren en apuros, pero cómo ayudarlos.*

Ese mismo día, en el escondite de Smith ubicado en La Molina, todos se preparaban para la gran escena a realizarse a las 4:30 de la madrugada, porque a esa hora el local estaría tranquilo y con todo el público ya retirado sólo tendrían que desarmar a unos cuantos custodios.

Regresando al hotel…

Viendo que ya eran las 3:40 de la madrugada y casi todo el público general se había retirado el gerente general decidió poner término a la exposición y guardar las joyas en la bóveda de seguridad localizada en el mismo piso, en una habitación contigua y hacia la pared que daba a la ventana de atrás. Luego de haber guardado todas las alhajas en un lugar seguro, pensó que ya no serían necesarios tantos agentes de seguridad, debido a que los siete hampones habían sido ya arrestados aquella noche, por lo cual envió a sus casas a la mitad de ellos. Grave error del que se daría cuenta muy tarde.

Las calles de Miraflores a esa hora estaban silenciosas esperando el amanecer, y la atmósfera bastante fría y húmeda debido a la llovizna persistente de la temporada invernal, los únicos seres vivientes que se observaban por el lugar eran los agentes de seguridad del hotel.

4:15 de la mañana, cinco de los diez agentes se dirigieron a comprarse unos cigarrillos para pasar la fría noche en el único puesto que funcionaba a esa hora, a unos treinta metros de distancia del hotel hacia la acera opuesta. Mientras tanto, por el otro lado fueron emboscados los cinco restantes y desarmados de un golpe certero por la banda de Smith. Luego se vistieron con rapidez con los uniformes de sus víctimas y penetraron al hotel tranquilamente, como parte de la seguridad que hacía ronda, llegaron al séptimo piso sin ningún contratiempo y apenas pisaron el salón redujeron a los cuatro guardias que se encontraban en el interior, obligándoles a darles la clave de la caja fuerte a costa de sus vidas.

Una vez obtenida la clave, les fue fácil abrir y poner todas las joyas en sus bolsos. Luego ataron a los guardias y los dejaron dentro de la bóveda, pero sin cerrar la puerta. Fue un acto misericordioso del jefe, pues no era su intención dejarlos morir de asfixia.

Al terminar, salieron por el pasillo que da a la escalera de emergencia por detrás del edificio, y ahí tuvieron un contratiempo con cuatro agentes de seguridad, pero después de una corta conversación y un par de golpes certeros se libraron de ellos y continuaron bajando hasta llegar a la azotea de una casa vecina colindante con el hotel, desde ahí pasaron de azotea en azotea hasta la otra calle. *El plan es perfecto*, pensaba Smith mientras se acercaba a la camioneta por un pasillo oscuro, y se dijo a sí mismo: *Cuando los del hotel se den cuenta que las joyas han sido robadas, nosotros estaremos muy lejos.*

En el momento exacto de abrir la puerta de la camioneta para entrar e irse con rumbo desconocido, salió del auto una persona con un arma en la mano, era uno de los tantos guardias de la policía que los rodeaban.

Smith y todo su grupo se quedaron petrificados, dejándose arrestar sin siquiera poner resistencia; y antes de ser llevados a la jefatura, Smith preguntó al capitán del escuadrón policial:

—¿Cómo sabían ustedes que nosotros estábamos aquí? No puedo creerlo, nuestro plan era perfecto. ¿Podrían decirme cómo lo hicieron?

El teniente que estaba al mando de la operación se acercó a Smith para contestar:

—Todo se debe a unos jóvenes detectives. —Y señalando con el dedo hacia un rincón de la pared los llamó—. ¡Schariar y Ayesha, ya pueden salir!

—Me lo debí imaginar —murmuró Smith.

El desenlace

Antes de subir a la patrulla para que se lo llevasen a la prefectura y de ahí al juzgado, Smith les dirigió una mirada a los muchachos, mientras les decía:

—Los felicito por el buen trabajo desempeñado, nos volveremos a encontrar algún día.

—Eso creo, Smith —respondió Schariar y continuó—: le deseo buena suerte con sus joyas porque no son las verdaderas y gracias por el dinero, su casa de La Molina quedó deshecha, ojalá pueda reconstruirla.

Smith al oírle sobre las joyas lo miró profundamente, y con respeto temerario le murmuró:

—Ojalá tengas suerte para la próxima. A propósito: los billetes no son verdaderos —dijo mientras se cerraba la ventanilla y la patrulla policial partía rumbo a la prefectura.

Schariar y Ayesha se despidieron de todos los que participaron en la captura y final feliz, y mientras manejaban rumbo a Chaclacayo para dejar a Laurence en su domicilio, el muchacho le iba explicando cómo fue que ellos (los jóvenes detectives) llegaron a involucrarse en ese caso y ser los autores principales de la captura. Después de dejarla boquiabierta y en casa, Schariar y Ayesha se dirigieron al departamento de la Av. Pardo en Miraflores para descansar, pues el sueño apremiaba desde el día anterior.

Mientras tanto, la patrulla que llevaba a Smith y su grupo a la prefectura de Lima llegó a su destino. Los policías lo escoltaron por la puerta principal del edificio y luego se dirigieron hacia el tercer piso por la escalera. Después de subir unos peldaños el jefe de la banda se tiró al piso, y con cara de pánico les rogó que fueran en el ascensor, explicándoles que le venían ataques de tipo epiléptico debido a que cuando subía por las gradas y miraba hacia abajo, por las rendijas de las escalinatas, recordaba traumas pasados no superados. Tanto fue su ruego y gran historia de sus complejos que logró persuadirlos y acceder a su petición.

Ya en el ascensor, y casi alcanzando el segundo piso, Smith en un movimiento rápido apagó las luces, luego se oyó un golpe y un tirón. Cuando llegó el ascensor al séptimo piso y se abrieron las puertas los agentes se dieron cuenta que le habían pegado a otro de los asaltantes, y además faltaban dos personas: el jefe de la banda y uno de sus ayudantes. Los guardias no sabían qué hacer, ni qué decirle a sus superiores, cómo explicarles a sus jefes la fuga de esos dos individuos dentro de la propia prefectura.

Horas más tarde lograron descubrir que se escaparon por el techo del ascensor, escalando por uno de los cables hasta la azotea y de ahí saltar a la calle por medio de uno de los cables eléctricos en desuso almacenados en una caja en el tejado.

Para ese entonces Smith y su compañero guardaespaldas inseparable, Javier Lamp, debían de estar caminando tranquilamente por las céntricas calles del Centro de Lima.

A la mañana siguiente, después de lavarse rápidamente y de comer un frugal desayuno, Schariar encendió el televisor para averiguar si había salido en las noticias el caso del robo de joyas que ellos lograron evitar. El ruido que causó despertó a su amiga que aún estaba disfrutando de un profundo sueño.

"TVNews Lima, canal 7 informa: Ayer a las siete de la mañana dos individuos sospechosos del fallido robo de joyas en un hotel de Miraflores escaparon misteriosamente de la prefectura de la ciudad sin dejar rastro alguno. Según últimas investigaciones, lo habrían hecho por los cables del ascensor y luego alcanzando el tejado habrían saltado a las calles por medio de cuerdas. La policía ya ha dado la alerta y ofrecido recompensa por ayuda en su captura. Se les considera dos peligrosos delincuentes de fama internacional. Quien tuviera información valiosa acerca de estos individuos fugados sírvase llamar al teléfono policial en pantalla, su llamada se mantendrá en estricto anonimato".

Schariar miró a Ayesha de reojo mientras le decía:

—Creo que nuestro estimado rival Smith está libre, y muy pronto recibiremos alguna invitación de la policía para ayudarles…. ¿Que nuevas aventuras nos deparara el destino, mi amiga?

—No lo sé, amigo —contestó y ella y continuó—: no me agrada nada esto. Pero tendremos que seguir el camino que el destino nos deparará.

Y diciendo esto se levantó a tomar su desayuno también…

Índice